Subjugation de l'âme

Kyriakoula Georgiades

Subjugation de l'âme

Roman

LE LYS BLEU
ÉDITIONS

ISBN : 979-10-377-3599-7

La beauté est l'artifice de l'amour.

La lucidité est l'arme fatale de la femme glorieuse.

Aucune réprimande n'est à la hauteur de l'ego.

Façonner son prochain est le souhait du narcissique.

Ce que l'éclat apporte, les mauvaises manières le retirent.

Aimer revient à endurer.

La flamme de l'amour réduit à l'aveuglement de l'esprit.

Aucun homme n'est à la hauteur d'une femme amoureuse.

La passion est aussi tumultueuse que les montagnes russes avec l'amour en plus.

Éloigne ton esprit du négatif en brassant les bonnes paroles.

Renforcer son bonheur est une conception de l'esprit libre.

Créer est un oubli de la pensée.

Sois celui qui provoque la lumière du cœur par ton éclat.

Si l’amour est une défaite, la victoire est la reconstruction.

Aucune utopie n'est faite pour durer.

Le chemin le plus long est le chemin le plus appelant.

Tu es la source de ton mal-être et le maître de ton bonheur.

Si l'amour est ta seule chance, tu es pauvre.

N'oublie que ce que tu ne veux pas transmettre.

La passion est une flamme brûlante.

Reviens sur tes pas si tu n’as pas compris l’erreur attribuée.

Rien ne te servira plus que ta force lors du combat.

Aucune étoile n'est plus sublime que celle que tu as choisie pour ton âme.

Grand est le pouvoir si tu sais l'utiliser à bon escient.

Façonne la justice selon tes principes moraux.

Dédie ta vie à toi en accord avec les autres.

Évanescence est un principe de relativité.

L'attraction est de l'ingéniosité.

Aime celui qui t'aime pour éviter ton malheur.

Sois le maître de ta cérémonie.

Rien n’est plus sublime que ton cœur éméché.

L’orage fait suite à une pluie de larmes.

Ton corps est la matière de ton esprit.

Le regret est le marécage du remords.

La vie est un théâtre dénué de bon sens.

L'éclat est le miroir de ton âme.

Ne transgresse pas tes principes contre l'illusion.

L’univers est un guide de spiritualité.

Un champ d'idées est une progression de l'esprit.

Ne consens à accepter que ce qui te définit.

Crée à ton image l'éclat de tes journées.

Le mariage est la symbiose de deux âmes et de deux corps fusionnels dans l'éternité.

Accepte de t'élever pour la charité.

L'impunité conduit au scandale.

N’abandonne jamais ce que tu penses mériter.

Voguer est une liberté.

Épouse celui qui ne trahira pas tes principes fondamentaux.

Un arc-en-ciel est l'état d'âme du paradis.

Le paradis est la seule place que tu ne regretteras pas de visiter.

Ne te fais pas éclabousser par la corruption.

Assez sage pour t'élever, assez sage pour oublier le passé.

Être soumis est une élucubration indissociable de la réalité.

Ton cerveau est poésie si tu l'as éduqué.

Ne conçois que ce qui est beauté dans ton monde.

La laideur est toujours intérieure.

La puissance de ton champ d'action est indéniable.

Ne reviens que si tu as compris le stratagème.

Éduque celui que tu aimes.

Le fou détrônera le roi si le roi est instable.

Rien n’est plus aimant que ton amant lorsqu’il t’attend.

Réponds au doute par le bénéfice du doute.

L'autorité n'enseigne pas, l'autorité agit.

Assez cupide tu seras pour ne voir que la beauté, assez cupide tu seras pour te faire berner.

Trouve la paix loin des autres.

Rejoins l'amour dans l'évanescence des mots.

La vie est le juste équilibre entre la douceur et la colère.

La vengeance s'étend jusqu'à des marécages de boue.

La seule opinion divergente est l’opinion publique.

Rebelle tu es née, rebelle tu t'assumeras.

Chante l’amour puisque la guerre ne peut être que son contraire.

Ta vision est une affaire d'État si elle monte en puissance et s'arrête au sommet.

Ne crains pas le déluge, il n’atteint que celui qui est épuisé par la vie.

Les embûches sont une indication de ton parcours de combattant.

Ce qui est noir ne sera jamais blanc.

Apprends à aimer pour déguster le paradis de l'âme.

Ne crains aucune intelligence si elle est claire et limpide.

Les forces du bien sont inatteignables.

Le mal détruit le bien simplement pour gagner.

Chaque électeur vote son propre intérêt et ne s’arrête jamais.

Seule est permise la victoire lorsqu'elle est travaillée.

Aimer équivaut à perdre en sérénité.

Le chemin est une horde de brindilles et de pierres.

L'abnégation est un sacrifice lorsqu'elle est solitaire.

Rien n’est plus puissant que ton mental façonné.

L’esprit est le soleil sous le parasol de la culture.

La guerre est l'injonction des planètes et leur influence sur les hommes.

Celui qui essaie de te ressembler est une pathétique copie.

Ton idéal est proche de la perfection.

Le complexe de la perfection n’est pas universel.

Prends la parole du sage pour te sortir du puits.

N'engendre que la réciprocité sans équivoque.

Souffrir n’est pas un engagement à long terme de l’être humain.

Le plus beau réveil est le réveil de ton accomplissement.

L'illumination est ce que tu ne peux pas atteindre sans édifices solides.

Ton cheminement est consolidé par tes fondations.

Aime pour ne pas te nuire à toi-même.

Ce que tu donneras, tu recevras. Ce que tu garderas, tu oublieras.

Reviens à la raison quand l'imagination devient insensée.

Ne te prive que du pire car le meilleur est ce que tu ne soupçonnes pas.

La reine ne peut pas rejeter le roi, sauf si elle choisit le fou au lieu du roi sur l’échiquier.

Le plus vaillant des soldats est celui qui n’a pas oublié la raison de son combat.

Le sacrement est l'élévation des âmes transparentes.

Si ton objectif est la lune, prépare ton voyage assidûment.

Imprimé en Allemagne
Achevé d'imprimer en juillet 2021
Dépôt légal : juillet 2021

Pour

Le Lys Bleu Éditions
40, rue du Louvre
75001 Paris